"A moosie taen a daandir
throo thi daip, derk waid.
A tod saa that moosie
an that moosie looked gaid."

Come a buttie further intil thi daip, derk waid,
an find oot whut happens whin thi
clivver moosie comes faiss ti faiss
wi a hoolit, a snake an a gruffalo whaa's stervin . . .

First published 2015 by Itchy Coo
Itchy Coo is an imprint and trade mark of James Francis Robertson and
Matthew Fitt and used under licence by Black & White Publishing Limited

Black & White Publishing Ltd
29 Ocean Drive, Edinburgh EH6 6JL

1 3 5 7 9 10 8 6 4 2   15 16 17 18

ISBN: 978 1 78530 005 9

Originally published as *The Gruffalo* by Macmillan Children's Books in 1999
Text copyright © Julia Donaldson 1999
Illustrations copyright © Axel Scheffler 1999
Translation copyright © Matthew Fitt 2015

Author, illustrator and translator rights have been asserted in accordance with
the Copyright, Designs and Patents Act 1988

A CIP catalogue record for this book is available from the British Library.

LOTTERY FUNDED

Thi Dundee
GRUFFALO

Julia Donaldson
Illustratit beh Axel Scheffler
Translatit intil Dundonian beh Matthew Fitt

A moosie taen a daandir throo thi daip, derk waid.
A tod saa that moosie an that moosie looked gaid.
"Whaar ur yi gaein, wee broon moosie?
C'moan an hae yir dennar in meh Nethergate hoosie."
"That's affy gaid o yi, Tod, but awaa yi go!
Eh'm gaun ti hae meh dennar wi a gruffalo."

"Whut? Whut's a gruffalo whin it's at hem?"
"A gruffalo? Yi mean yi dinnae ken?

"He hus affy tusks,

an affy claas,

an affy teeth in ees affy jaas."

"*Whaar ur yi meetin him?*"
"At these big dockies nearbeh.
An ees favrit food iz a teckle tod peh."

"A teckle tod peh?" said thi tod, ees voice aa wheeshtit.
"Chio, wee moosie," an then ee fleesht it.

"That Tod's a big fairdeegowk, iz ee no?
There's nae sitch thing as a gruffalo!"

Thi moosie kerried oan throo thi daip, derk waid.
A hoolit saa thi moosie an thi moosie looked gaid.
"Whaar ur yi gaein, wee broon moosie?
C'moan an git yir tea in meh Overgate hoosie."
"That's gaid o yi, Hoolit, but awaa yi go!
Eh'm haein meh tea thi nicht wi a gruffalo."

"Whut's a gruffalo? Cuz eh dinna ken."
"A gruffalo? Huv yoo no goat a brenn?"

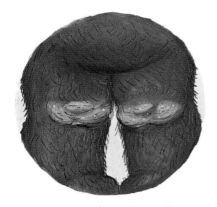

"Ee's got barkit kneez, an claas oan ees fut,

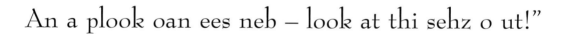

An a plook oan ees neb – look at thi sehz o ut!"

"Whaar ur yi meetin him?"
"Here beh this burnie, if yi please,
An ees favrit food iz hoolit oan a piece!"

"Hoolit oan a piece? Och, naw! Oh meh!"
An thi hoolit flew awaa up heh in thi skeh.

"That Hoolit's a big fairdeegowk, iz ee no?
There's nae sitch thing as a gruffalo."

Thi moosie daandird oan throo thi daip, derk waid.
A snake saa thi moosie an thi moosie looked gaid.
"Whaar ur yi gaein, wee broon moosie?
Eh'll gie yi yir suppir in meh undirgroond hoosie."
"That's affy gaid o yi, Snake, but awaa yi go!
Eh'm haein meh suppir wi a gruffalo."

"Whut's a gruffalo? Fur eh jist dinna ken."
"Eh'll tell yi, tho it micht gie yir brenn a sprenn.

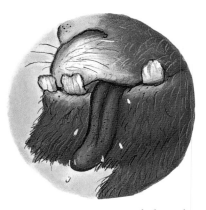

"Ees ehz ur oaranj,   ees tung iz black,

An there's purpil jags aa doon ees back."

"Whaar ur yi meetin him?"
"In Lochee," he said,
"An ees favrit food iz snake, batturd an frehd."

"Batturd an frehd?" Snake gied Moosie a jundie.
"Chio," he said an wheeched back doon ees cundie.

"That Snake's a big fairdeegowk, iz he no?
There's nae sitch thing as a gruffal . . .

". . . Oh!"

But whaa's this craitur we affy tusks an affy paas
An affy teeth in ees affy jaas?
Ee's got barkit kneez an claas oan ees fut,
An a plook oan ees neb – jist look at thi sehz o ut!
Ees ehz ur oaranj, ees tung iz black,
An there's purpil jags aa doon ees back.

"It canna be. Nut! Awaa yi go!
Oh help, eh think that's a gruffalo."

"Meh favrit!" said thi Gruffalo. "This'll be braa!
Yi'll taste gaid – frehd, cookt or raa."

"Gaid?" said thi moosie. "Here, dinna caa me gaid!
Eh can fleg ony craitur in this waid.
Jist waalk ahent me an yi'll see,
Aabody iz feart o me."

"Eh'll bet yi," said thi Gruffalo, *"yoor tellin a leh.*
But aaricht then, snaa baa, yoo lead thi weh."

They waalked an waalked till thi Gruffalo stapped daid.
"Eh hear a hiss fae that cundie up ahaid."

"Hit's Snake," said Moosie. "Hiya! Hullo!"
Snake taen a keek at thi Gruffalo.
"*Michty,*" he said, "*Moosie, see yi again.*"
An aff he wheeched back doon ees drenn.

"Weel," said Moosie. "Eh tellt yi, did eh no?"
"Eh canna believe it!" said thi Gruffalo.

They waalked some mair till thi Gruffalo stapped daid.
"Eh hear a hoot in thae trees up ahaid."

"Hit's Hoolit," said Moosie. "Hiya! Hullo!"
Hoolit taen a keek at thi Gruffalo.
"*Jingz,*" he said, "*See yi then, Moosie. Beh!*"
An thi hoolit flew back up heh in thi skeh.

"Weel," said Moosie. "Eh tellt yi, did eh no?"
"*This iz no real,*" said thi Gruffalo.

They waalked some mair till thi Gruffalo stapped daid.
"*Eh hear futsteps oan that path up ahaid.*"

"Hit's Tod," said Moosie. "Hiya! Hullo!"
Tod taen a keek at thi Gruffalo.
"Help meh kilt!" said thi Tod, *"See yi eftir, Moosie."*
An Tod ran ben ees Nethergate hoosie.

"Weel, Gruffalo," said Moosie. "Eh hope yi'll agree
Aabody iz feart o me!
But noo meh belly's rummlin inside me,
An meh favrit food iz gruffalo bridie."

"*Gruffalo bridie?*" thi Gruffalo babbled.
An fest as thi wund, awaa he nabbled.

In thi daip, derk waid there wiz nae soond at aa.
Thi moosie foond a nut an thi nut wiz – braa.